国家出版基金项目
NATIONAL PUBLICATION FOUNDATION

记住乡愁

留给孩子们的中国民俗文化

刘魁立◎主编

号

子

第四辑 民间演艺辑

张远满◎编著

本辑主编　林继富

黑龙江少年儿童出版社

编委会

序

　　亲爱的小读者们，身为中国人，你们了解中华民族的民俗文化吗？如果有所了解的话，你们又了解多少呢？

　　或许，你们认为熟知那些过去的事情是大人们的事，我们小孩儿不容易弄懂，也没必要弄懂那些事情。

　　其实，传统民俗文化的内涵极为丰富，它既不神秘也不深奥，与每个人的关系十分密切，它随时随地围绕在我们身边，贯穿于整个人生的每一天。

　　中华民族有很多传统节日，每逢节日都有一些传统民俗文化活动，比如端午节吃粽子，听大人们讲屈原为国为民愤投汨罗江的故事；八月中秋望着圆圆的明月，遐想嫦娥奔月、吴刚伐桂的传说，等等。

　　我国是一个统一的多民族国家，有 56 个民族，每个民族都有丰富多彩的文化和风俗习惯，这些不同民族的民俗文化共同构筑了中国民俗文化。或许你们听说过藏族长篇史诗《格萨尔王传》

中格萨尔王的英雄气概、蒙古族智慧的化身——巴拉根仓的机智与诙谐、维吾尔族世界闻名的智者——阿凡提的睿智与幽默、壮族歌仙刘三姐的聪慧机敏与歌如泉涌……如果这些你们都有所了解，那就说明你们已经走进了中华民族传统民俗文化的王国。

你们也许看过京剧、木偶戏、皮影戏，看过踩高跷、耍龙灯，欣赏过威风锣鼓，这些都是我们中华民族为世界贡献的艺术珍品。你们或许也欣赏过中国古琴演奏，那是中华文化中的瑰宝。1977年9月5日美国发射的"旅行者1号"探测器上所载的向外太空传达人类声音的金光盘上面，就录制了我国古琴大师管平湖演奏的中国古琴名曲——《流水》。

北京天安门东西两侧设有太庙和社稷坛，那是旧时皇帝举行仪式祭祀祖先和祭祀谷神及土地的地方。另外，在北京城的南北东西四个方位建有天坛、地坛、日坛和月坛，这些地方曾经是皇帝率领百官祭拜天、地、日、月的神圣场所。这些仪式活动说明，我们中国人自古就认为自己是自然的组成部分，因而崇信自然、融入自然，与自然和谐相处。

如今民间仍保存的奉祀关公和妈祖的习俗，则体现了中国人崇尚仁义礼智信、进行自我道德教育的意愿，表达了祈望平安顺达和扶危救困的诉求。

小读者们，你们养过蚕宝宝吗？原产于中国的蚕，真称得上伟大的小生物。蚕宝宝的一生从芝麻粒儿大小的蚕卵算起，中间经历蚁蚕、蚕宝宝、结茧吐丝等过程，到破茧成蛾结束，总共四十余天，却能为我们贡献约一千米长的蚕丝。我国历史悠久的养蚕、丝绸织绣技术自西汉"丝绸之路"诞生那天起就成为东方文明的传播者和象征，为促进人类文明的发展做出了不可磨灭的贡献！

小读者们，你们到过烧造瓷器的窑口，见过工匠师傅们拉坯、上釉、烧窑吗？中国是瓷器的故乡，我们的陶瓷技艺同样为人类文明的发展做出了巨大贡献！中国的英文国名"China"，就是由英文"china"（瓷器）一词转义而来的。

中国的历法、二十四节气、珠算、中医知识体系，都是中华民族传统文化宝库中的珍品。

让我们深感骄傲的中国传统民俗文化博大精深、丰富多彩，课本中的内容是难以囊括的。每向这个领域多迈进一步，你们对历史的认知、对人生的感悟、对生活的热爱与奋斗就会更进一分。

作为中国人，无论你身在何处，那与生俱来的充满民族文化DNA 的血液将伴随你的一生，乡音难改，乡情难忘，乡愁恒久。这是你的根，这是你的魂，这种民族文化的传统体现在你身上，是你身份的标识，也是我们作为中国人彼此认同的依据，它作为一种凝聚的力量，把我们整个中华民族大家庭紧紧地联系在一起。

《记住乡愁——留给孩子们的中国民俗文化》丛书，为小读者们全面介绍了传统民俗文化的丰富内容：包括民间史诗传说故事、传统民间节日、民间信仰、礼仪习俗、民间游戏、中国古代建筑技艺、民间手工艺……

各辑的主编、各册的作者，都是相关领域的专家。他们以适合儿童的文笔，选配大量图片，简约精当地介绍每一个专题，希望小读者们读来兴趣盎然、收获颇丰。

在你们阅读的过程中，也许你们的长辈会向你们说起他们曾经的往事，讲讲他们的"乡愁"。那时，你们也许会觉得生活充满了意趣。希望这套丛书能使你们更加珍爱中国的传统民俗文化，让你们为生为中国人而自豪，长大后为中华民族的伟大复兴做出自己的贡献！

亲爱的小读者们，祝你们健康快乐！

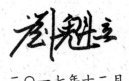

二〇一七年十二月

目 录

你不知道的歌与谣

| 你不知道的歌与谣 |

我们生活在这个辽阔的星球上，神话、传说、歌谣、仪式……多姿多彩的民俗文化恢弘而又细腻地描述了生命的成长。许多被人们看作"顺理成章"的民俗文化为人类留下了丰富的文化遗产材料，丰富了人类对自身的认识。这种认识的独特视角告诉我们，整个人类的历史既是一部日渐丰富的文化史，又是一部内质丰韵的心灵史，那些最原始的感情，最朴素的理想以自然状态存在于许多文化习俗里。

"张打铁，李打铁，

打把刀，送姐姐。

姐姐留我歇，

我不歇，我要回去打夜铁。

夜铁打到正月正，

我回去，玩花灯。

夜铁打到二月二，

黄瓜茄子齐下地。

夜铁打到三月三，

三个老鸦飞过山。

夜铁打到四月四，

湖里鲤鱼烂成刺。

夜铁打到五月五，

划破龙舟打破鼓。

夜铁打到六月六，

我回去吃绿豆粥。

夜铁打到七月七，

七个和尚一管笔。

夜铁打到八月八，

我回去，捉棉花。

夜铁打到九月九，
我回去，吃石榴。"

——《打铁》

提起民间歌谣，大家肯定并不陌生。每个地区都有自己代表性的歌谣，相信你一定会哼唱两句本民族、本地区的歌谣。歌谣是篇幅短小，以抒情为主的民间诗歌的总称，我们常常将歌谣当作一个词来理解，但你知道吗，歌与谣实际上是有区别的，它包含了民歌与民谣两部分。

《毛诗故训传》说："曲合乐曰歌，徒歌曰谣。"

杜文澜《古谣谚》凡例说："歌与谣相对，有独歌、合乐之分，而歌究系总名，凡单言之，则徒歌亦为歌。"

《初学记·采部上》引韩章句云："有章曲曰歌，无章曲曰谣。"朱自清解释说："章，乐章也，无章曲，所谓徒歌也。"

从古人的记载中我们可以看出，歌与谣的区别首先在于一个是合乐，一个是不合乐。"合乐"的意思就是演唱时有乐器伴奏。民歌是有曲调、能唱的；民谣则有一定的节奏，依靠吟、念、诵而流传。

| 打铁 |

【打铁】

历史最悠久的歌谣：号子

历史最悠久的歌谣：号子

我国早在周代就有了采集民间歌谣的制度，由于民众盛唱民歌，统治者重视民歌，才有我国第一部民间歌谣总集《诗经》的出现。随后汉朝设乐府机构，专门采集民间歌谣，唐宋以后各种正史野史或文学著作中以各种方式保留了大量的古代歌谣。

"七月流火，九月授衣。一之日觱发，二之日栗烈。

诗经《七月》

无衣无褐，何以卒岁？三之日于耜，四之日举趾。同我妇子，馌彼南亩，田畯至喜。"

……

——《诗经·豳风·七月》

《诗经》常常被人们称

| 诗经云卷 |

《诗经》
（清代刻本）

为中国古代诗歌的源头之一，然而，推究起来，其实《诗经》也还有它的初源，那就是所处时代比它更早的、属于上古时代的歌谣。上古歌谣，最早出现的是劳动歌，这是上古时代人们从事劳动生产时所自然发出的有节奏的呼号，通常被人们称作"杭育杭育"歌。

相传为黄帝时代所创的《弹歌》（载自后汉赵晔《吴越春秋》），比较客观而又原始再现了劳动的过程：

断竹，续竹；飞土，逐宍。

这当中的劳动，其实是两个过程：先是制造弓箭——断竹、续竹；而后是狩猎——将土块弹出，击中猎物。短短八个字，是两个过程生动而又简练的记录，而将其穿成一气，便成为上古时代人们劳作与凯旋的欢歌。

劳动是歌谣产生的源泉。从新石器时代开始，生产力得到较快发展，生产工具不断增多，人类的文化程度也在不断进步。我们的祖先在最基本的实践活动——劳动中，创作了音乐，唱出了最早的民间歌谣——劳动号子。《吕氏春秋》中曾有这样的记述："昔葛天氏之乐，三人操牛尾，投足以歌八阕"；《淮南子·道应训》中也有这样的描述："今夫举大木者，前呼邪许，后亦应之，此举重劝力之歌也。"这些记载都清楚明了地反映了劳动号子与劳动生活的密切关系。

劳动号子又叫号子，民间歌谣的一个类别，北方常

新石器时代农业生产的石磨盘和石磨棒

称"吆号子"，南方常称"喊号子"，四川地区称为"哨子"。号子是整个人类文化中产生最早、历史最悠久的艺术品种之一，它是劳动人民在生产劳动过程中创作、演唱并直接为生产劳动服务的歌谣，是生产劳动的有机组成部分。号子节奏鲜明，其音乐节奏和劳动节奏吻合无间，坚实有力，粗犷豪迈。劳动号子的演唱形式主要有独唱、对唱（或重唱）以及领、和相结合等等，其中以领唱、

和唱结合的形式最为常见，劳动指挥者往往是号子领唱者，领部是号子唱词的主要陈述部分，曲调和唱词常即兴变化，和部大多唱称词或重词，音乐较固定。

号子的形成经历了一个漫长的过程。譬如说：我们听到很多人扛木头时一齐发出的呼声，节奏很齐，只有一个音，这还不能称作号子，因为它还没有形成一种艺术形式，没有表现一定的思想内容，只能算是自然的呼号，应该是号子的最基础阶段。伴随着劳动的不断发展，劳动工序的复杂化、劳动分工的细密及劳动方式的多样化，劳动号子也随之发展成熟，形成了不同风格的号子，进而曲牌化、多用化和程式化，非常丰富多彩，形成了若干类别。按不同工种，号子的形式大体可分为搬运号子、工程号子、农事号子、船工号子和作坊号子五大类，以下我们来逐个做一些介绍。

搬运号子

| 搬运号子 |

现代社会有着多种多样的装卸搬运设备，如叉车、吊车、运输机、手推车等等，一人操作机器搬运重达几吨的货物毫无问题，可是大家有没有想过，在机械设备不发达的年代，人们如何搬运重物呢？又或者在交通工具无法进入的地区，重物又如何到达目的地呢？其实，过去搬运重物全靠劳动者依靠体力集体完成，这种原始运输重物的方式是劳动体力负荷最强的一种。

搬运号子就在劳动者用身体直接进行装卸、挑运、

| 现代大型吊车 |

移动重物时应运而生了。特别是在需要多数人一起进行的运输劳动中，为了统一所有劳动者的步伐，保持呼吸节奏一致，消除劳动者当时的疲劳情绪，此时，劳动号子就起到了非常重要的作用，不仅保障了劳动者的安全，而且保证了劳动的效率。

根据不同的工种，搬运号子可以分为装卸号子、挑抬号子、推拉号子三类。

一、装卸号子

装卸号子，演唱于车运、船运的人力装货劳动的号子，多为一领众合，分布在海港码头、车站仓库等地，号子能够保证他们动作协调，配合得当，领唱者指挥整个劳动过程。比较著名的有大连、天津、青岛、上海、广州等地的码头工人装卸号，如起重号、上肩号、扛包号等。

灯火通明、车水马龙的上海港位于黄浦江之畔和长江入海口南岸，前瞻东海，背靠太湖，南临钱塘，揽江海交汇之胜，得内陆广袤之利，人称"江海之通津，东南之都会"。上海港形成于隋唐，定位于宋及明，兴于清前期，壮大于清末民初，繁荣于新中国，尤其是改革开放后，已跻身世界港口前列。自 1840 年鸦片战争爆

旧时上海港

发后，上海开埠，城市依港而兴，至 1931 年，港口货物吞吐量已从鸦片战争前夕的 200 万吨跃至 1400 万吨，进出口船舶净吨位也跃居世界港口第七位。

随着上海港码头的日益兴盛，装卸运载量日渐庞大，上海港码头对工人数量的需求也越来越大，除本地破产农民、城市贫民外，还有众多来自长江沿岸与沿海各地的农民、渔民、船民等。他们以同乡关系为纽带，结帮成组进行劳动与自我保护，如苏北帮、湖北帮、安徽帮、宁波帮、本帮（上海帮）等，他们所唱的号子也常以本帮组的家乡命名。码头搬运劳动非常繁重，常采用集体方式进行，要求同心协力、步调一致，与码头装卸劳动紧密结合的装卸号子就在劳动中自然产生了。工人们在码头的劳作中根据不同的劳动需要，创造了肩运号子和扛运号子两种劳动号子。

1. 肩运号子

肩运作业一般包括把货物从船舱搬运到岸上的起舱和从岸边搬运到船舱内的落驳，以及从岸边搬运到仓库、堆栈等。在这些劳动中，工人往往需要担负两三百斤甚至五六百斤重的货包，为了统一劳动，边走边呼喊的即为肩运号子。

肩运工人一般单独进行搬运，负责把货物搬运到仓库堆栈或搬下船舱，这种边走边呼喊的号子节奏较为丰富、灵活，以中速、慢速居多，所呼唱的号子也大多句幅短促，气息粗重，音调下行，缓慢的速度伴随着艰难的步履，表现出肩运时所驮运的货物沉重，行步蹒跚、艰难。如《中国民间歌曲集成·上海卷》中收录的《苏北帮长江起舱肩运号子》：

……

"包工（的）头 来（哎）了

脚步跑快了（嗬，喔）

提起（哪格）来

搭起来（哎嗨）"

……

歌中明确标注由三个工人依次歌唱，内容是对包工头压迫的斥责。这些号子没有固定的歌词，可以随机应变，随着不同的环境而改变歌词，即兴发挥创作。

另外，在码头的仓库堆栈内，有一些人引导肩运工人把货物分门别类运送到各个货堆上去，并把运来的货物堆放整齐，这种作业叫作

堆装。一般一座仓栈内的堆装工人约有一二十人，他们两三人一组，分布在仓栈的各个巷道口、货堆旁。每组中有一人根据打印在箱包货物上的标记用吟唱的歌词指挥、引导肩运工人把货物运送到同一标记的货堆上去，此人称为分唛工（唛，唛头，是 mark 的别称，是用文字、图形或记号印记在货物包装上，以便识别一批货物不同于另一批货物的标记）。前一分唛工人一唱，后面其他各组分唛工人逐一传唱下去，直到将此货物引送到相同标记的货堆上去，肩运工人卸下货物后，由另外一二个装堆工人把货物堆放整齐。

分唛工人所唱的歌腔，工人们称为堆装号子。它的唱词全是唛头标记名称及该货物堆放的巷道、方向等。当年担任分唛工的大多是浙江宁波人，所以堆装号子都用宁波方言歌唱，歌腔的吟唱性很强。

2. 扛运号子

码头搬运作业中，遇有货物体积较大，或重量过重而无法由一人肩运时，则用杠棒搬运，散装的货物常用扁担、箩筐等工具进行扛抬搬运。工人在搬运时所喊的号子就是扛运号子，根据扛运时所使用的工具常有扛棒号子和扁担号子。

杠棒用毛竹制成，加上一副绳索，它是过去上海码头工人的主要搬运工具，也是当年主要的搬运方式。二三百千克到二三吨的货物大都用杠棒进行搬运。根据货物的重量、大小、形状，有的由两人搬运，称为单档，前面的人叫作前肩，后面的人叫作后肩，此外还有 4 人的双拼档，8 人的 4 拼档，32 人的 16 拼档。在拼档中，最前面的一个人叫作派头；处于后面的人叫作后肩，最后的一个人叫作撩梢。用杠棒进行搬运的协作性很强，档数越多要求越高，搬运中，稍不协调或稍有差错就会造成货毁人亡的事故。这种协调全仗号子指挥，没有号子

货物吊运

就无法一起搬运，所以用杠棒搬运时必喊杠棒号子。

《中国民间歌曲集成·上海卷》中收录的《江苏泗阳帮单档杠棒号子》：

……

　　"嗯嗨啊嗬，

　　喂嗬，嗨哟嗬，也哈，喂哈。"

……

杠棒号子的音调基本相同，均用前后呼应形式歌唱，一般后肩的领号者先发声起号，众后肩随之一起呼号，然后众前肩接应和唱，这时多用散板，用来招呼大家都准备好，接着，众人在号声中站起、开步行走，直到搬运到终点歇肩放下货物为止。根据其步伐的速度，可分为慢步号子与快步号子两种，实际劳动中快、慢号子可转换并用。在步伐近乎原地踏步时，所唱号子被称为等步号子。

除了杠棒，用木制或竹制的扁担，加上一对儿箩筐或绳索，是挑运散装或小件货物的主要工具，由一人挑运。挑运时所唱的号子，叫作挑担号子或扁担号子。在负荷稍轻时，号子的节奏比较轻松自由，歌唱性也稍强；在挑运过重货物时，速度、节奏也较缓慢，歌声沉重。《中国民间歌曲集成·上海卷》共收录了4首挑担号子，分快步和慢步两种形式，表达的内容较为丰富，有思念妻子、诉苦抱怨等。如《苏北帮挑担号子》：

　　"（哎 哎）无情人的（格嚎 嚎嚎嚎 嘞嗨）

　　（哎 哎）黑心人的（格

嚓 嚓嚓嚓 嘞嗨）

　　（哎哎）没良心的（格
嚓 嚓嚓嚓 嘞嗨）

　　（哎哎）吃不饱的（格
嚓 嚓嚓嚓 嘞嗨）"

　　……

　　上海港码头装卸号子是码头工人们在劳动时所发出的身体里的语言，依靠着码头的劳动生活和劳动场合，由码头工人们在黄浦江边年复一年在繁重的肩挑背扛中一代代延续下来。其中来自湖北帮、宁波帮、山东帮、连云港帮等帮派特征，体现出上海"海纳百川"的城市文化特色，借鉴并融会不同地区的语言形式，使这种装卸号子更具艺术特色。

二、挑抬号子

　　挑抬号子一般在劳动者挑抬重物时演唱，这类号子节拍规整，结构多有回返式特点，演唱气息性强，音乐内部变化对比少。只要有抬工抬物劳动，如在修桥铺路或建造房屋过程之中需要运抬石料，亦或婚丧嫁娶中的抬花轿或抬棺木，这些劳动过程中必不可少地伴随有挑抬号子，比较有特色的是重庆市梁平地区的抬儿调。

　　"清早起来把床下，耳听喜鹊闹喳喳。

　　我问喜鹊你闹啥，是不是贵客要到家？

　　太阳出来万丈高，情妹出来耍双刀。

　　哪个出来耍两套，徒弟还比师傅高。"

　　这是梁平抬儿调留下来的较为常见的唱词。传说，天上玉帝不知人间的苦乐。一次太白金星问玉帝，人间什么样的人最苦，什么样的人最快乐？玉帝笑答："当然饮酒者最苦，抬脚儿最乐。"太白金星不解，玉帝说："你不见饮酒者眉头紧锁苦不堪言，而抬脚儿草履赤臂，肩负重物仍歌之舞之喜形于色，岂不乐乎？"这是对"梁平抬儿调"欢快风格最贴切的描述。

抬工组合视劳动对象的重量来决定，而抬数标准一般为 50 千克左右的重量，抬数最少为双抬，最多为 64 抬，并根据抬数的多少进而决定杠数。而在每杠分为前后杠两人组成的杠数之中，第一杠的前杠最为重要，相当于战争中的统帅角色，一般称之为"尖子"，通常由德高望重的技术能手担任指挥职责，主要负责队伍步伐速度的控制与协调及领唱；第一杠的后杠一般称之为"黑拐"。按照序列计算而排在第一杠后面杠的前后杠

| 传统抬轿子 |

分别对应称之为"2把"、"3把"乃至"63把"或"后2把""后3把"乃至"后63把",而包括"64把"在内的最后一杠的前杠和后杠分别对应称为"红拐"和"尾巴"。

抬儿调根据所抬对象不同,分为三大类:

第一类是从事劳动,抬运重物时吼唱的叫"踏脚调",这也是流传最广、用得最多、内容最丰富的一种,具有调子高亢和歌词内容风趣的特点。抬工人数视物品轻重,有2人抬,一般喊着"嘿呦嘿呦"就起步;4人以上,可以有16人抬、32人抬。

第二类是抬花轿时所用的"调子"叫"四轿调",其特点是只吼不唱,喊中带有简洁韵律;大户人家的花轿往往用8人抬。

第三类是"龙杠调",是民间办丧事时抬工抬送棺木吼唱的调子,又叫"上山调"。有的是龙杠会上辈传下来的,有的是即兴编唱。"龙杠"一般由8人抬,遇特重物件,或隆重物件,可以有16人抬、32人抬,抬工人数越多,对路况要求越高,所吼调子也要求越整齐,步伐才能一致。送男和送女的唱词内容通常分别固定为《想郎》和《十月怀胎》,两种调子都带有忧怨之感。

……

"二月怀胎在娘身,黄皮寡瘦不像人,黄皮寡瘦无人见,老母在房闷沉沉。

三月怀胎在娘身,百样茶饭难得吞,百样茶饭不思想,思想孩儿在娘身。"

……

不论那一类，哼唱的调子都分上下两句，前杠哼唱上句，后杠跟着重复哼唱上句；前杠再哼唱下句，后杠也跟着哼唱下句。调子的唱词有全县域内普遍流传的，这类唱词大同小异；有局部区域各龙杠会上辈传下来的；也有某些老抬工即兴新编的，这一类大多是临时所见的事物现编现唱，调侃、风趣、幽默，即兴编词也是"梁平抬儿调"的一大特点。少于6人抬的组合一般不吼调子，达到8人组合，一般都要吼调子；路程再远，大多都不会重复某一首调子。抬工人数越多，往往就越要唱歌吼调，吼出的调子也越有气势，越动听。四轿抬由于只有四人，主要是前面抬工为后面抬工通报路况，如

前面喊："搬角"（意为换肩），后面和"角搬"，前面喊"人往桥上过"（过桥），后面和"水往桥下流"等等。

在重庆梁平地区，抬工有着"抬角（儿）"等多种称谓，而抬工的民间组织有着"龙杠会"等多种称谓。民间组织还遵循"祭杠"习俗，在每年农历五月初五，抬杠班子举行"龙杠会"，主要是通过一系列祭拜仪式，并在抬具（他们称为"金带"）上泼洒公鸡血来祈求平安。

三、推拉号子

推拉号子的劳动常为多人合作，如推车、拉车、拉重等劳动中唱的号子，节拍感不甚明显，旋律起伏稍大，连续不断。比较有特色的是四川成都的《板车平路哨

子》、安徽省的《拉板车号子》以及天津的《推车号》等。

我们来看看《中国民间歌曲集成·四川卷》收录的《平路号子》（成都市）：

"拉起我的车（哟），咕噜咕噜响（哟）。

车上装的煤（哟），四千六百斤（哟）。

（嘿佐佐 嘿嘿佐佐 嘿佐佐）"

……

这首号子是由前面拉"中杠"的领唱，左右两边拉车或推车的（俗称"边绊"或"飞蛾儿"）应和。平路舒缓，领腔与和腔常形成上下句对唱，旋律极富动感，可任意反复，长进律动好似为这首号子编织了一根紧绷的绳索，拉动重载的货物迟缓前进。

在集体运输重物的劳动过程中，为了统一步伐，调整好所有劳动者的呼吸节奏，带动大家的兴奋情绪，搬运号子发挥着重要的作用。但在科技发达的现代化生产社会，搬运号子已处在消失的边缘。2008年6月7日，搬运号子经国务院批准列入第二批国家级非物质文化遗产名录。

工程号子

| 工程号子 |

你见过在造房、修路时工人们唱歌的情景吗？

工程号子主要用于造房打地基、修路、采石、伐木等工程协作性强的劳动中，与搬运号子有明显的区别。由于劳动强度和运作的速度上都有相对明显的变化，所以工程号子在遇到不同情况时，可以随机改变。劳动强度较小的时候，号子的节奏相对较慢，带点儿幽默、潇洒的意境，如造房时唱的上梁号子；强度较大的时候，就可以在前面的基础上做出灵活改变，变得粗犷而沉重，

"上梁大吉"

这时的号子节奏加快，听起来也更有力量，旋律也相对变得比较简单，有时只有简单的呼号，如修建工地时唱的打硪号子。

一、上梁号子

上梁号子，是木工们在修建房屋上大梁时唱的号子。民间认为，上梁是否顺利，不仅关系到房屋的结构是否牢固，还关系到居住者今后是否兴旺发达。过去农村有句俗语："房顶有梁，家中有粮，房顶无梁，六畜不旺"，可见"梁"在老百姓心目中的重要性。因此，每逢上梁都要举行隆重的仪式，歌词为喜庆、吉赞之词。

在湘、鄂、渝、黔边邻的土家族地区，建房都要先

土家族吊脚楼

28

土家年俗迎新春

选好屋场，再挖基脚，然后制作新屋的屋架，在屋架立起时，人们必须选择良辰吉日，举行上梁仪式，唱上梁号子，祈求神灵、先祖保佑人丁兴旺、五谷丰登。在土家族地区，无论是富裕人家还是贫困人家，都把建屋上梁看成是大事，称其为"财门"，是土家族四大红喜吉庆之一。

土家族习惯居住于河谷盆地、向阳坡地，而且喜欢傍河崖、依崖壁、临悬崖修建转角楼。土家族转角楼又称吊脚楼，历史悠久，唐代《旧唐书》曾有对土家族吊脚楼的记载："土气多瘴疠，山有毒草及沙蛩蝮蛇，人并楼居，登梯而上，号为干栏。"吊脚楼架木为室，一般是一排三间，或一排五间，居中间位置的房称"堂屋"，是主人家供奉神灵、祖先的地方，同时也是举行祭祀仪式的中心场所。土家人把堂屋正顶当屋脊的横木叫"大梁"，它是整栋房屋的主骨。人们对梁的用料非常讲究，一般都选用椿树或紫树。

新屋屋架立起后，就开始了上梁仪式，上梁开始时，首先放鞭炮，众人闻声前来围观，然后主人说"有请"，上梁的两位师傅依次一边唱赞词，一边由地面上楼梯，经穿枋到达屋梁上。掌墨师、木匠和众人一边唱起《上梁歌》，一边将屋梁徐徐拉上去合拢：

"上一步，望宝梁，一轮太极在中央，一元行始呈

土家唢呐

端祥。

上两步，喜洋洋，乾坤二字在两旁，日月争辉照华堂。"

……

这是土家族人举行上梁仪式时首先唱的一段开场，由掌墨师领唱，歌词形象地概括了土家族人上梁的目的与愿望。画梁合拢后，掌墨师和请来的贺梁人用"三元及第、四季发财、五谷丰登、七星高照、八面玲珑、天长地久、万世其昌"之类的吉祥歌词来贺梁之后，接着一问一答地唱画梁：

"将此梁，说此梁，说起此梁根源长。

生在西眉山中，长在青龙山上。

日月星辰赐它生，雨雾露水赐它长。

乌鸦不敢头上过，恶蛇不敢脚下藏。

鲁班打从云中望，得见这根杉木梁。"

唱完画梁以后，接着由木匠甩梁粑。梁粑用糯米做成，一般由舅舅家送来。甩梁粑时，屋主人必须跪在梁下堂屋中央，其他人不得靠近，木匠甩梁粑时，主人必须将衣兜扯开接。木匠一边甩梁粑一边唱："主人家要富还是要贵？"主人家回答："富贵都要！"木匠接着唱："赐你富贵双全！"连甩三手梁粑给主人家。随后，木匠将梁粑向四面八方抛甩，引得客人争先恐后接抢。按风俗，凡来祝贺的人，看热闹的人，都会捡梁粑，以示喜庆满堂。

上梁号子参与人数较

多，由于情绪的需要，歌唱音调较高，句首有呼喊的现象，节奏也拉长了，属于劳动号子的一种。

二、打硪号子

工人打硪时所唱的号子统称打硪号子，有的地方也叫"打硪歌"，主要流行在修建工地，如修塘坝、筑堤垸、修路等场合。硪，是修建工地时使用的一种劳动工具，用岩石制成，有方硪、柱硪两种。

方硪，即由一块五六寸厚，一尺二寸见方，重约百斤（约50千克）左右的方石，在四角凿孔系以粗绳，每孔系绳两条。俗称"硪瓣"，由八人持绳提甩。拉甩方硪时起落如飞，故称"打飞硪"。打飞硪，又有举硪过头、过腹、过膝三种情况。举硪过头为慢硪，夯力较重；举硪过腹（或齐胸）为快硪，比

梁粑

较激烈；举碰过膝（齐腹）为轻碰，因用力不大，夯力较轻。

柱碰，由七八寸见方，两尺多高的方柱形岩石制成。下宽上窄，重约二三百斤。上方两侧凿有弧形槽，用铅条缚以竹杠称为主杠，另两面缚副杠使成"井"字形。抬举柱碰夯实土层时，称打抬碰。

打碰号子以湖南常德地区的打碰歌最具特色。常德地区位于湘北洞庭湖西，大部分县市属湖港平原。洞庭湖历来水患严重，危害群众的生命财产安全。滨湖人民为与洪水搏斗，年年修堤筑坝，围湖保田。为此，常德地区的打碰歌非常盛行，特别是农村地区，男女老少人人会唱，世代相传。

捡梁粑

常德打碰号子的唱词，包括明确含义的主唱词和无明确内容的称唱词两部分。有明确内容的主唱词主要由领唱者演唱，句式多由四、三结构的七字句构成，少数为三、三结构的六字句。这两种句式结构的主唱词在实际演唱中，常由领唱者把它分割成两个半句分别在两个乐句中唱出，并在其间穿插和唱的称词唱腔。一首打碰号子，常包括这种分割演唱的两句主唱词及其称词唱腔共同组成一个完整的曲体。如《中国民间歌曲集成·湖南卷》收录的石门县《打硪号子》：

"领：打起飞硪

和：（哎嗨哟嘞）！

领：劲冲天（哪），

和：（呀嗬嗨呀）！

领：四方民工修堤坑（哪）。

和：（哎嗨哟喂，呀嗬嗨呀）"

打硪必须有打硪号子随附，打硪号子必须由一人领唱（领唱人通常是劳动指挥者），打硪人一句一句和唱。领唱人指挥打硪，打硪人跟随领唱人，一硪一硪排着向前打。号子有很强的即兴性，节奏感强，与劳动的强度和速度密切相关。如果没有打硪号子，打硪人就对不齐劲，硪上下翻动，不平稳、不扎实，堤坝就夯不实，质量检

|诗经里的江南小镇|

｜京杭运河台儿庄段夜景｜

查就不过关。打硪人跟随领唱人一边联唱，一边合着节拍摆手甩腿，石硪上下翻飞，富有浓浓的生活情趣。如《中国民间歌曲集成·湖南卷》收录的安乡县《打硪号子》：

"领：情妹（嘛）打从（啊），

和：伙计（喂），

领：对门来（呀），

和：怎么样（呵）？

领：脚上穿上（呀）。

和：呀喂子哟哦，

领：好绣鞋（呀），

和：哎嗨哟火。"

……

像这样的号子，带有故事性的语言，不仅有爱情故事，也有历史故事。在遇到力量加大，速度加快的时候，力量词就会缩短，故事语言也同样缩短，这时的号子会根据速度和力量的不同进而转换歌词和节奏。一般演唱

35

一首打硪号子需要二十多分钟，因为打硪是一项重体力的集体劳动，通常一遍演唱下来，需要稍作休息或换班轮流上阵。当新的一轮劳动和演唱开始的时候，领唱者需要换人。为了使大伙精神振奋、心情愉快、斗志昂扬，在曲调不变的情况下，打硪号子的歌词内容需要更新，即同一首硪号在曲调不变的情况下需变换几种或十几种不同内容的歌词，以满足整场劳动和演唱的需要。

工程劳动强度较大，且多为集体性劳动，因此工程号子的节奏强烈，与劳动的起止动作密切配合。形式多为一人领唱，众声齐合，或齐唱等。在劳动中，工程号子起着组织、指挥和调节作用，是劳动号子的重要组成部分。

农事号子

| 农事号子 |

根据前文的了解，农事号子，顾名思义，是在一般的农业劳动中所唱的号子。但需要注意的是，并不是所有在农事劳动时所唱的民歌都是号子，农事号子主要是在节奏性强或协作性较强的集体农事劳动中，这类劳动强度不太大，劳动环境宽敞，因而号子也带有较大的娱乐性，比较常见的是栽秧号子和车水号子。主要分布在我国的南方、江浙、两广及云贵等地，北方较少见。

江苏地处长江中下游平原，地势低平，水网稠密，在广大的水田地区，稻作文化非常发达。在各种劳动号子中，栽秧号子、车水号子和赶牛号子尤为丰富，除了具有一般号子节奏性强的特点外，还有相当部分具有类似山歌、小调的抒情性、歌唱性的特点。这三种号子不仅体裁、题材多样，而且风格不同，形态各异，且大多有专门名称。有的以曲牌命名，如《西凉月》《叠断桥》等；有的以唱词结构命名，如《七字唱》《五句半》等；有的以唱词中首句或其他几句来命名，如《布谷鸟声声叫得响》《低头就把黄秧栽》等；还有相当多一部分是以衬词命名的，如《拔根芦柴花》《撒趟子撩在外》《隔里隔上栽》

|现代农耕|

《小刘姐姐》等。

下面，我们以江苏地区栽秧号子、车水号子和赶牛号子为例来了解一下农事号子的特征：

一、栽秧号子

江南地区以水稻种植为主，每年五月，麦收结束，人们便开始将河水大量灌溉农田形成白茫茫一片水田。秧田里，黄牛拉秧，男人挑秧、抛秧，女人拔秧、栽秧，大家一气呵成，排成一排，用你追我赶的气势，将秧苗整齐有序的插进秧田。劳动艰辛，但人们却能够使苦累的劳动过程情趣盎然。秧田里热闹沸腾，人们为了抒发心中对生活的热爱、对丰收的期盼，便将这情感即兴编成栽秧号子以抒胸臆。秧田也就成了小型赛歌场地，比谁的嗓子亮，比谁会打的号子多，比谁唱得动听。

栽秧号子通常多为领唱加和唱，且领和部分各有专名，如领唱叫"头号子"，和唱叫"吆号子"。栽秧时，领唱者手执秧苗，引吭高歌，节拍舒缓自由，音调清亮，同伴们则在其悠扬的歌声中，轻盈地栽插秧苗；至和唱时领唱者则躬下身来与同伴们一边插秧，一边齐唱"吆号子"，其节拍同插秧节奏大致相符。如《中国民间歌曲集成·江苏卷》收录的兴化市《栽秧要趁好时光》（栽秧号子·隔里隔上栽）：

"领：一片片（来哎）水田白茫茫（哎），

大嫂子（哎）小妹妹栽秧忙。

和：（啊里隔上栽，啊

水稻插秧

里隔上栽，啊里隔上栽呀），

栽呀么栽得好，栽得快，一心为呀为的（那个）多打粮（呀得儿喂）。

领：红（啊）衣（来哎）绿裤映水面（哎）

好像（那个）莲花浮水上。

和：（啊里隔上栽，啊里隔上栽，啊里隔上栽呀），

栽呀么栽得好，栽得快，一心为呀为的（那个）多打粮（呀得儿喂）。"

……

"隔上栽"是衬词，又是人声模仿的鼓声，并以此为曲调名。此号子又叫"打鼓唱唱"或"栽秧打鼓唱"。

有些号子必须在特定时间唱，如"二姐家溜"是栽秧到傍晚接近"了秧"时所唱，《中国民间歌曲集成·江苏卷》收录的扬州市《千家叫苦万家穷》（栽秧号子·二姐家溜）：

"领：心恨不过富家翁，

和：嘘，啊花如姣姐嘘。

领：朝积金银夜积铜，

和：嘘，二姐家溜，海棠花儿开。"

……

如有某处傍晚尚未"了秧"就唱这首号子，那些已经"了秧"的听到就会自动来帮忙，等大家全部插完了才一起收工。当地俗语道：一听"二姐家溜"，大家来帮一手。这种号子多表现即将"了秧"时的愉快心情，曲调欢快、活泼、富有情趣。有些地方唱完号子还会互相泼水、涂泥嬉戏。

栽秧号子旋律的变异性较为突出，即使同一名称的秧号子在江苏各县市也有不

同的唱法，且流行于各县市之间的秧号子，还派生出许多变体。其中，最具代表性的是《格冬代》。格冬代是衬词，系模仿锣鼓声而来，因流行地区和词曲结构不同而有许多名称，但通常都以唱和"格冬代"为名。我们先来看一首《中国民间歌曲集成·江苏卷》收录的盱眙县《说上台就上台》（栽秧号子·格冬代）：

"甲：说上台（哪）就上台

乙：（哪，我代你格冬代），

甲：锣鼓家伙敲（哪啊）起来

乙：（哪，我代你格冬代），

甲：左边扭出女佳人（哪），后边摇出丑八（哪）怪。

乙：我代你格冬代唷，

｜学习插秧的同学们｜

我代你格冬代唷,

甲:四乡八镇、扬州城里、好姐姐唷,

合:风刮杨柳格冬代格冬代。"

"格冬代"的演唱分领唱与配唱,领唱通常叫"唱唱"(此为动宾词组,前字是动词,为"演唱"意;后字是名词,作"唱腔"解释),是主唱者,主唱有歌词部分;配唱叫"打鼓",帮唱并敲打鼓点,主要唱"和唱",也有一些曲子打鼓的要分一些正词。这首号子中甲为唱唱者,乙为打鼓者。因"格冬代"多为打鼓伴唱,所以又被称为"栽秧打鼓唱"。

栽秧号子与其他劳动号子相比较,歌词内容更为丰富,在长期的历史发展中有的发展成为了民间歌谣的其他体裁。从《中国民间歌曲集成·江苏卷》收集的60余首"格冬代"来看,有的已从短小的号子发展成具有说唱特点的长篇小调;有的领与和交错进行,形成了具有某些复调因素的民歌;有的锣鼓衬着唱腔交叉进行,但更多的还是领唱与和唱相呼应的田园抒情民歌。

二、车水号子

水车,一种原始的大型劳动工具,靠人力蹬踩工作,体力消耗强度较大。正常风调雨顺时,水车用于正常良田供水,保持田里水分,割秧后要上水;如逢特殊天气,干旱抗旱,车水上水入田,或遇大水,则用来抗洪排涝,车水出水出田。水车工作时,一般是几个人甚至几十个人同时踩,有时为了鼓足干劲,统一发力，就需要一旁有人击鼓或打锣，踏水车的人在富有节奏的锣鼓声中悠扬欢快地歌唱，以此增添生动而轻松的乐趣。这些情趣盎然的歌声便是车水号子。

车水号子大都有锣鼓伴奏，开唱前常常要先说四至八句谦恭话或介绍所唱内容的"头子"，然后才敲打锣鼓开唱。如兴化车水号子《小妹妹》，开唱前要先念："小锣一响，喉咙作痒，要打号子，又怕挂黄（忘词或走调的意思）。"念完才开唱，自始至终边唱边打锣鼓，有的地方田边还搭建锣鼓棚。演唱时常常一领众和、音调铿锵、昂扬有力，具有浓郁的江南水乡风情。按照水车大小分别有大车水号子（8人左右）、中车水号子（4

人左右）、小车水号子（2人）。

1. 小车水号子

小水车由两人车水，车龙（车身）段，戽水的斗板也少，最常见的是两人手摇车水号子，常常以男女对唱的形式出现，一问一答。由于两人手摇，劳动强度不大，此类号子曲风较为轻快，歌词基本上带有故事性的语言，不仅有爱情故事，也有历史故事。

《中国民间歌曲集成·江苏卷》收录的南京市《小小摇车一丈三》（手摇车水

游客体验水车

老式水车

难上（的）难（唠），

不是（哎嗨）我啊（哎）无力气（哎）！

不是我的力气单（奈）。"

2. 中车水号子

四人踏的水车叫"中水车"，所唱的号子叫中车水号子，又称把拐号子。小车的权棒较高、向前，人可伏在上面，脚向后用力，大人、小孩都可踏；中车的权棒向后且横在腰部，人要向后倾，必须紧紧地斜抓住棍子才好踏，因此又称为把拐子。

《中国民间歌曲集成·江苏卷》收录的东台市《先生不来让我来》（中车水号子）：

"男领：嗨喳喳来 嗨哎唷，

女和：嗨呀 哈嗨嗨。

领：先（啊）生的不来

号子）：

"女：小小（哎的）摇车（子哎嗨）一丈（唠嚎）三（哎嗨），

支到（哎哩个）长江（啊）车不（的）干（唠），

还是（哎嗨）我郎（哎）无力气（哎）？

还是小郎力气单（奈）？

男：滚滚（哎的）长江（子哎嗨）水连（唠嚎）三（哎嗨），

要想（哎哩个）车干（啊）

让我来，

    我（啊）把（的）小号（来
嗨呀 哈嗨唷我）打起来。

    和：吭哎嗨呀哈，嗨呀
嗨哎。

    领：嗨喳喳来 嗨哎唷

    和：嗨呀啊嗨

    领：龙啊须（龙须，指
踏车时计时间的线或草绳）
的喳来头的咯。

    嗨呀哈嗨唷，请先生来哦，

    和：吭哎嗨呀哈，嗨呀
嗨。"

……

这些号子在男女对唱
的时候，若是男生领唱，那
么女生就在后面附和着力量
词；同样，若是女生领唱，
男生就唱力量词语。

3. 大车水号子

大水车六人至八人或更
多人，车龙加长，斗板随着
增多，水量加大。在大忙或
干旱急需用水时就要启用大
水车，唱的就是大车水号子。
这种号子节奏急促，音调高
亢，加之锣鼓助势，气氛热
烈紧张。在江苏高邮、宝应、
江都、扬州等地，常在水
车架的一端挂上一面锣一
只鼓，由两人边打边唱，
以调剂情绪、保持节奏、
统一步调。

《中国民间歌曲集成·
江苏卷》收录的如皋市《先
生不来让我来》车水号子联

| 脚踏水车 |

唱，由"头号"、"送信"、"抽号子"、"老黄牛号子"四段组成：

A、头号

"领：（哎）先生不来我就来（呀），

不把个号（噢）子（啊哎嗨）冷落（个噢）台（呀）。

和：哎哎哟 哇哈哈嗨，哎嗨哎嗨 哎嗨哟嗬嗨。"

B、送信号子

"（哎）号子 号子 我开声（啊），

扬鞭是打马（哎嗨哎）赶（呀么）路程（噢）

哎哎唷 哇哈哈来，嗨哎哎嗨 哎嗨哟嗬嗨。"

C、抽号子

"哎嗨哎嗨哎吙，再嗨吙，

哎嗨嗨 再嗨吙！"

D、老黄牛号子

"（泼水的人白）：齐齐力嘎，师傅！

（众白）：噢！

龙车呗 带劲 哎嗨哎哎哟吼。"

E、抽号子

同C抽号子，越唱越快。

第一段是刚上车时所唱；"送信"是车到25转后接唱，告诉大家即将转入快车；第三段"抽号子"又叫"催号子"，速度加快，达到第一个高潮；车到50转时，转"老黄牛号子"，然后再唱"抽号子"，鼓最后余力，越唱越快，直达顶点，才在领与和的对白中逐步放缓下车。

车水是辛苦的田间劳动，且这种劳动比较单调，人们起早贪黑，不停地踩着水车，汗流浃背。但是有了车水号子，锣鼓敲起来，号子打起来，边车水边歌唱，人们齐心协力，干劲冲天，斗志昂扬。集体劳作的人们就会将水车转的欢快，这种欢快的情绪也随之流进田间。

三、赶牛号子

"对牛弹琴"这个成语大家并不陌生，它本比喻对不讲道理的人讲道理，对不懂得美的人讲风雅。但在我国广袤的农田里，还真有对牛唱歌、敲打锣鼓乐器的情景。

作为农业大国，一直到上世纪七十年代初期我国才进入机械化劳作的阶段，在漫长的手工劳作时期，牛是农民最好的伙伴，农民祖祖辈辈靠牛干农活，牛在生产劳动中发挥着重要作用。牛不仅仅是耕田的主要劳力，另外一些重力活，比如打场、碾场、拉秧、耙田、拉车等也都离不开牛，于是便有了与牛在一起劳作而产生的赶牛号子，劳动者吆起牛号子，人有精神牛有劲。

每年的农忙季节，农民日夜不停地抢时间劳作，白天收割，夜里要继续打场、碾场，在连续的劳动后，人们在打场时就会精疲力尽，无精打采，有时候夜里打场时，场上只有一个人牵着一头牛，劳动很孤单，为了提起精神，便会吆一声，吆起牛号子，催促老牛继续前行的同时也是为了给自己鼓舞精神。

赶牛号子是一种指挥牛向前的信号。有快慢两种，快的多为打场、耙田、赶车时所唱，较为热烈；慢的多用于耕田时，声调深沉而苍凉。牛号子的唱词也有很大的即兴性，而正因为这是唱给牛听的，所以牛号子一般很少有实际意义的实词，而是以虚词为主。

《中国民间歌曲集成·江苏卷》收录的兴化市《赶牛号子》：

"吆吆哇啊 噢吆哇啊，
嚎嚎嚎嚎 嚎嚎 吆吆哇，
噢吆吆哇。
噢！上啊！"

相比搬运和工程劳动，农事劳动强度小一些，因此，农事号子的节奏相对自由舒缓一些，旋律比较优美流畅，歌词的内容也丰富多样，但主要以爱情为主，同时带点儿山歌小调的形式。如今，随着农业现代化的发展，传统的劳动形式都发生了改变，农事号子更显得尤为宝贵，值得我们去保护。

| 传统牛耕

| 传统牛耕

船工号子

| 船工号子 |

船工号子是在水运、打渔、船务等水上劳动过程中用的号子。因为船工、渔民日夜在船上生活，不像农民或其他工人劳动之余可回家而有另一种生活条件。他们的生活较单调，所唱的号子更多带有表现娱乐性的民歌，生活歌曲与劳动歌曲之间的界限不是很明显。有些船工号子常带有山歌的特点，有宽敞辽阔的意境。在我国，船工号子以四川最具特色，也最为丰富。

四川境内江河纵横，有大小河流九十多条，所以当地自古有舟楫之利，历代史籍中对此多有记载，沿江两岸已陆续发掘出有新石器时期的"石锚"、东汉时期的"拉纤俑"等文物。船工号子产生的年代，还没有现代的机动船舶，主要是以木板船为主的人力船。先民最早的浮筏和独木舟主要是为满足个体或族群生活和生产需要的生产工具，主要用途是为了捕鱼谋生，大都在江水平缓之处航行，其排水量和运力都是有限的，航程也不

新石器时期的"石锚"

会太远，所需人力也不会太多，所以，这时的"船工"们所唱歌谣还算不上真正的号子。

木板船的产生，改变了先民们的生产方式，他们逐渐把航运作为一种产业，把木板船作为货物和人员运输的工具。在清代中叶，据重庆海关估计，每年进出重庆港的贸易木船大约有2万艘，载货量约5万吨。《巴县志·物产》在描述重庆水运之繁荣时称："三江总会，水陆冲衢，商贾云屯，百物萃聚……运至秦楚吴越闽豫两粤等地。……水牵云转，万里贸迁。"作为运输用的船只，当时的木板船排水量和航程都有很大的提高，这样对人力的需求也增大。

船的形状各式各样，船工人数的多少则视船的大小而定。以重庆河段向下游运

海中的古船

输的一种船只——广船为例：驾驶广船，少则二三十人，多则五六十人。这些船工都有明确的分工，主要有：（1）后驾长，又名"后领江"；（2）前驾长，又名"前领江"、"撑头"；（3）二篙，又名"二补篙"、"闲缺"，前驾长的助手；（4）提拖，又名"爬梁架"，后驾长的助手；（5）三桡，又名"捡挽"、"抬挽"、"结尾"；（6）头纤，又名"水划子"；（7）号子，又名"开口"、"号子工"、"号子头"；（8）桡工，又名"纤工"、"纤夫"；（9）杂工，又名"烧头"。

在江河上，面对凶猛的激流险滩，必须通过统一的号令来加强协调和指挥，这就产生了号子。在船工配置中，专门设有"号子工"、"号子头"这一岗位。他们是船上既重要又特殊的工种，劳动强度的张弛，都靠号子头唱腔的变化来指挥，因此，号子头在船工中备受尊崇。号工的作用类似乐队的指挥，看似轻松，实则紧张而极为重要。号工必须嗓音洪亮、耐久，还要记性好，背得几套戏文，能将评书或小说情节编成顺口溜，并结合行船时两岸的景物，遇啥唱啥，现编现作。同时，他还得熟悉河道的水况，以便在不同的水流上喊出起不同作用的号子来。

在有些河段上，单凭船上的人力还不能渡过，当地还出现了专门从事拉船闯滩的纤夫。据《中国近代航运史资料》（第二辑）记载：在宜昌"民船有数千，纤夫约三十万"。

据清代四川籍诗人张向安《桡歌行》记载："大船之桡三十六，小船之桡二十四。非桡击水水轰豂，随浪圆涡作迴势。上峡歌起丰都旁，下峡声激穷荆湘。推舵声悠碛声力，千声如咽千声长。上滩牵船纷聚蚁，万声噪杀乌噪水。"在这里，诗人用"桡歌"来称谓船工号子。过往峡江的船只，不管是军战船，或是民运船，船工们不喊号子，就很难将船摇活，船就很难产生前行的"梭势"（惯性），很难闯过急流险滩。

船工号子种类很多，分为平水号子、下水号子、过滩、见滩、下滩、拼命、龙船、么二三号子等，都是根据水势情形、劳动方式的要求而约定俗成的一种口传心授的民间歌谣。从叙事来讲，它

"船工号子"

就是一种"音乐叙事",是先民们在长期的生产和生活实践中,经过不断地观察和认识,形成的用音乐表述这些观察和认识的文化体系。不同的风土人情,不同的自然环境,形成不同的风格、音调特色,形成不同的音乐样式,塑造出不同的音乐形象。不仅川江(四川宜宾至湖北宜昌的习称)及其四大支流嘉陵江、岷江、沱江、乌江与长江上游的金沙江等重要河流有各具特色的船工号子,在一些稍小的水运河流(亦属长江水系),如涪江、大渡河、渠河、永宁河、南广河、大宁河等,也同样有独特风格的成套号子。在唱法上也形成了各自的特点,如船工中流传的歌谣形容:"渠河桡子保宁纤,涪江号子惊叫唤";"嘉陵江唱小生,涪江唱小旦,长江上游唱生角,岷江唱花脸。"

我们以《中国民间歌曲

"峡江号子"
激荡西陵峡

集成·四川卷》收录的重庆市《川江号子》（联唱）为例：

1. 开船

领：开船罗（哟哟 嗬嗬
嗬 哟哟 嗬哟 哟嗬）

帮：（哦嗬 哦嗬 哦嗬）

2. 桡号子

领：（嗨哟 嗨哟 哟嗬
嗨哟 喂嘿嗨哟 嗨哟 喂嘿嗨
哟哦）

帮：（嗨嗨嗨嗨 嗨嗨哦）

领：摇到四川省（罗），水（呀）码头要数重（呃）庆（罗），

帮：（嗨嗨嗨嗨 嗨嗨哦）

领：开九门（罗那）闭（哟）九（哦）门，十八（的）道（哦嗬）门（罗嗬）。

帮：（嗨嗨嗨嗨 嗨嗨哦）

领：朝天门（罗）大（哟）码头迎官接（耶）圣（罗），

（那）千斯门（罗）花包子（啊）白如（哟）雪（哟嗬）银（罗嗬）。

帮：（嗨嗨嗨嗨 嗨嗨哦）

领：东水门（罗）有一（的）口（哇）四方古（喂）井（罗），

（那）对着那（哟）真（罗）武（喂）山（罗）

鱼跳（的）龙（噢嗬）门（罗嗬）

帮：（嗨嗨嗨嗨 嗨嗨哦）

3. 懒大桡

领：搬到起！（哟嗬）

正月就把龙灯耍（呀），二月就把风筝扎。

三月（的）清明把坟挂（哟），四月（的）秧子田中插（哟）。

帮：（嗨嗨嗨嗨 嗨嗨哦）

领：五月龙船（就）下河坝，六月手中（就）扇子拿。

七月亡人（就）回家下（哟），八月中秋（就）看月华（哟）。

帮：（嗨嗨嗨嗨 嗨嗨哦）

领：九月九把（那）重阳话，十月里来（就）看金瓜。

冬月萝卜（嘛）生长大（哟），腊月就把（那）猪儿杀（哟）。

帮：（嗨嗨嗨嗨 嗨嗨哦）

领：拦马泡（来）尖嘴浪（啊），再凶没得我们强（啊）。

桡片划破千重浪（啊），号子吓死老龙王（啊）。

帮：（哟嗬喂 嗨嗨哟嗬喂）

4. 鸡啄米号子

领：瓦倒（四川方言，控制好）瓦倒 哟哟嘿罗

帮：哦嗬 哦嗬 嗨嗨

领白：连手们，纤藤拉

倒拖哦！

5.幺二三号子（斑鸠号子）

领：（哎哟）二、四、八月天气长（噢），情妹下河洗衣（哟）裳，

帮：筑哦筑哦 筑哦筑哦

领：（哎哟）清水洗来米汤浆（噢），（哥子儿罗）情哥穿起好赶（罗）场。

帮：筑哦筑哦 筑哦筑哦

6.快二流·数板

领：（呀嘿 呀嘿 嘿嘿）天连地（呀）地连天（哪），龙连沧海凤连山（哪）。

帮：嗨嗨嗨嗨

领：佛祖连的雷音寺（啊），观音又连普陀山（哪）。

帮：嗨嗨嗨嗨

领：读书之人连笔砚（哪），生意买卖（呀）连算盘（哪）。

帮：嗨嗨嗨嗨

领：下力之人连扁担（哪），咱们船工连蒿杠（哪）。

帮：嗨嗨嗨嗨

7.中速稍快

领：（哎哟）大家齐把熊威振（罗），连手拿下（哟）来。

帮：筑哦 筑哦 筑哦 嘿哦

领白：伙计们，前面就是龙虎滩，龙虎滩，不算滩，捏紧桡子展劲搬，搬到起！

合白：搬到起！

8.驳船号子

领：嘿洋佐 嘿洋佐 嘿洋佐 嘿洋佐 嘿佐 嘿佐

帮：嘿佐 嘿佐 嘿佐

总体上讲，这一号子体系由《平水号子》《见滩号子》《上滩号子》《拼命号

子》《下滩号子》等八个不同的号子构成，每一种号子都与劳动条件和环境紧密相关。《平水号子》主要在水面宽阔、水流平缓、所需劳动强度不大的水域"咏唱"，这是劳动中的休闲和放松时段。这时音乐的抒情性强，歌词的即兴性强，随意性较大，主要表现船工们的自娱自乐和思想感情的交流。《见滩号子》主要是在水面渐小、水流渐急、需要做好闯滩准备的水域"咏唱"。这是闯滩前的准备阶段，这时的音乐节奏性加强，歌词的主题性也加强，主要表现闯滩前的思想准备和技术准备。《上滩号子》主要是在水流湍急、浪涛汹涌的闯滩水域"咏唱"。这时的音乐速度快、律动短，歌词的内容也

简单化了，主要表现闯滩中的惊心动魄和劳动协作。《拼命号子》主要是在闯滩中最危险的水域"咏唱"，这是劳动强度最大的一段水域。这时的音乐的速度和旋律更快，歌词也更加简洁，尽量用一些短语或词组"喊出来"，主要表现在闯滩的最终时刻体力和技术的完美结合。《下滩号子》主要是在闯滩成功后水势逐渐平缓、水面逐渐开阔、所需劳动强度也减弱的水面"咏唱"。这时的曲调变成了慢板，律动宽长，节奏减弱，旋律增强，歌词也开始丰富起来，音乐的表现性功能再次增强，主要表现出"九死一生"后愉快的感觉和胜利的喜悦。

如今，机动船早已代

替了人力驱动的木船，连绞滩机也正随着三峡大坝的落成，水位上涨而逐步退出历史舞台；昔日里川江上那几人、几十人划船，十几人乃至上百人合力拉纤，号子声震撼河谷的场面已经看不见了，甚至连昔日的号工也所剩无几。作为一种劳动技术，船工号子永远地消失了，但是作为一种民间艺术，它是我们不应遗忘的一种艺术形态。

作坊号子

| 作坊号子 |

在作坊中，许多工种的劳动都有号子。由于各个工种的劳动情况和号子音乐十分复杂，很难做明确的分类，所以把这些统称为作坊号子。作坊号子流行于各地中、小城镇和乡村的造纸、榨油、染布等手工业作坊中，比较突出的有四川的"盐工号子"、东北的"林区号子"和山西的"打蓝号子"等等。下面仅以盐工号子为例。

盐工号子

四川盛产井盐，自贡市以盐城著名于世。盐工号子便是过去这一带的盐工在生产井盐时配合劳动唱的号子，其历史悠久，具有代表性。自贡盐业始于东汉章帝时期（公元76-88年），至今已近两千年历史。从当地出土的汉代画像砖上刻记的颇为完整的凿井、制盐、运盐的场面说明，自贡盐业在汉代就已经有了相当的生产规模。

制盐工艺共分为四大流程：一是提清化净，将卤水排放入圆锅中烧热，随后把准备好的黄豆豆浆按一定比例下锅，分离出杂质，以提高盐质。二是提取杂质。三是下渣盐、铲盐。最后是淋盐、验盐。

旧社会的盐井工人非常劳苦，夜以继日的工作达三十六小时之久，尤其是深夜极度疲惫时，为防止瞌睡往往唱歌提神。盐工号子主要有在凿井时唱的《挽子歌》，汲卤时唱的《人车号子》，盐场运烧盐的大铁锅、锅炉和大捆钢绳等金属品时唱的《五金扛运哨子》等。唱歌形式为一领众和。除《挽子歌》节奏缓慢以外，《人车号子》、《五金扛运哨子》等节奏鲜明、有力。这些号子反映出过去盐场工人繁重、压抑的劳动生活和制盐生产过程的艰辛。

《中国民间歌曲集成·四川卷》收录的自贡市《望郎》（挽子歌）：

"领：太（哟哦）阳（哪哦）落（呀呵）坡（哟嗬）

齐：（喂）渐（哪呵）渐（哪喂）梭（哦）

领：留（哟哦）郎（哟喂）不（呀呵）住（哟嗬）

齐：早（哎）烧（哎）锅（哟哦哦）。"

……

自贡圆锅制盐是一种古老的传统制盐工艺。主要原料为卤、黑卤、盐岩卤三种，燃料为燊海井自产的低天然气。该井开钻于清代道光十五年（公元1835年），井深1001.42米，既产卤，又产气。1988年1月，国务院公布燊海井为第三批全国重点文物保护单位。2006年6月，以燊海井为主要载体的自贡井盐深钻汲制技艺又被颁定为全国首批国家级非物质文化遗产。

号子的离去与再现

| 号子的离去与再现 |

号子源于劳动，服务于劳作，是人类最早的歌谣，也是劳动人民伟大力量的一种艺术表现形式。号子早在原始时代人们开始从事集体劳动时就已经产生，随着社会发展和科技进步，许多与劳动密切相关的号子悄然退出历史舞台，可以说，号子衰亡于生产力现代化的进程和文化的变迁。很多民间艺术在当前社会生活方式下，已经难以再现其艺术本质，劳动号子只是其中一例。

当下，在国家对非物质文化遗产的高度重视以及大力挖掘保护和旅游业发展的共同助力下，许多号子又回到民众的生活中。这些"杭育杭育派"来自劳动的原始创作"节目"又被搬上舞台、荧屏，在观众中引起强烈的谐振共鸣，激发出人们炽烈的情感狂涛：

"喊起号子扳起棹，一声低来一声高。

撑篙好像猴上树，拉纤如同虾弓腰。

杉木橹铁箍紧腰，任你扳来任你撬。

纤索拉断接匹篾，草鞋磨破藤来绕。

飚滩如同龙显圣，上水也唱下水谣。

大浪打来摆摆头，摔个跟头碾个抛。

团结协作

纤夫群雕

喊一声号子过一道险，打个尿颤山也摇"

……

听着那时高时低、时急

时缓的踏板唱和，看着那拍打船舷船帮的惊涛骇浪，你会感觉到那是劳动者在用精神对决艰险，是人类在用艺术征战自然。在集体劳作过程中，通过节奏和动作的统一，实现着内心力量的传递，感受着劳动个体和集体之间同呼吸共命运的生产关系。这种团结、互助、协作的精神也成为"劳动创造文明"最形象的诠释。

总之，号子的离去是社会生产力发展的必然结果，但这也只能说号子中的"劳作"和"生活"功能已难以展现，而号子的"艺术"和"文化"功能却值得我们永远传承和弘扬。

图书在版编目（ＣＩＰ）数据

号子 / 张远满编著 ; 林继富本辑主编. -- 哈尔滨 :
黑龙江少年儿童出版社，2020.9（2021.8 重印）
　　（记住乡愁：留给孩子们的中国民俗文化 / 刘魁立
主编. 第四辑 ：民间演艺辑）
　　ISBN 978-7-5319-6490-2

　　Ⅰ．①号… Ⅱ．①张… ②林… Ⅲ．①号子（文学）－
中国－青少年读物 Ⅳ．①I207.7-49

中国版本图书馆CIP数据核字(2020)第175618号

记住乡愁——留给孩子们的中国民俗文化　　　　　　刘魁立◎主编

第四辑 民间演艺辑　　　　　　　　　　　　　　　林继富◎本辑主编

号子 HAOZI　　　　　　　　　　　　　　　　　张远满◎编著

出版人：商 亮
项目策划：张立新　刘伟波
项目统筹：华 汉
责任编辑：杨黎明
整体设计：文思天纵
责任印制：李 妍 王 刚
出版发行：黑龙江少年儿童出版社
　　　　　（黑龙江省哈尔滨市南岗区宣庆小区8号楼 150090）
网　　址：www.1sbook.com.cn
经　　销：全国新华书店
印　　装：北京一鑫印务有限责任公司
开　　本：787 mm×1092 mm 1/16
印　　张：5
字　　数：50千
书　　号：ISBN 978-7-5319-6490-2
版　　次：2020年9月第1版
印　　次：2021年8月第2次印刷
定　　价：35.00元